ELIANE SCHIERER

HOMICIDE FRANCO – LUXEMBOURGEOIS

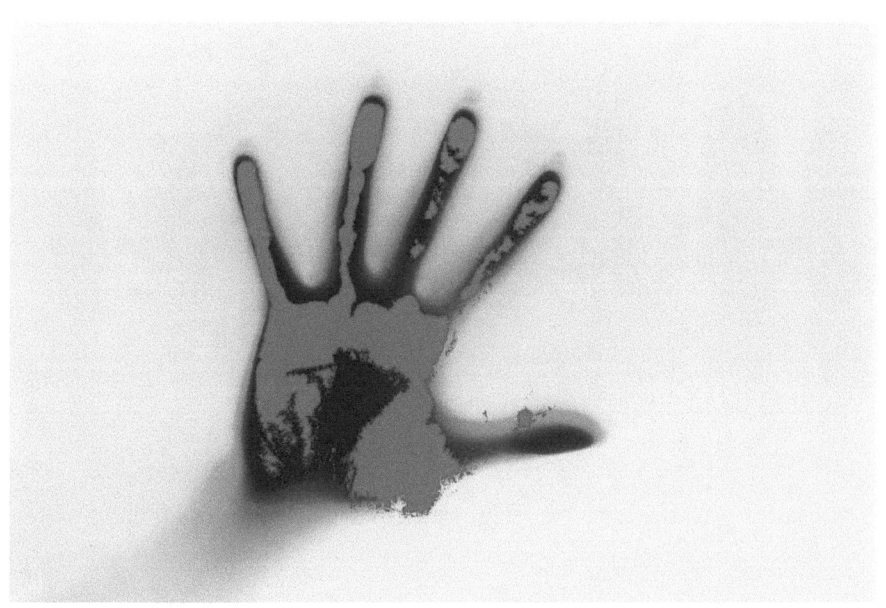

Books on demand

Résumé

Deux joggeurs découvrent le cadavre d'une femme dans un champ entre Bure et Nondkeil ! Il est dissimulé entre deux buissons.

Les forces de l'ordre, appelées sur place, constatent que la victime était d'origine luxembourgeoise !

L'inspecteur, Roland Müller du commissariat de Rumelange, assisté de son adjoint, Serge Scheer ainsi que le commissaire Bernard Moretti du commissariat de Thionville, sont chargés de coopérer pour retrouver l'assassin.

Christian Dussolier, lieutenant de police de Thionville, épaulera ses collègues.

La médecin légiste, Elisabeth Montaigu de Nancy note, dans son rapport d'autopsie, que la victime a été étranglée et que le meurtre a été perpétré autre part! Elle est assistée par Charline Vannier de la police scientifique.

Que cachait le passé de la victime ?

Madame La Procureure, Eglantine du Rocher, du Palais de Justice de Thionville, sera chargée de coopérer avec les forces de l'ordre. Une enquête franco-luxembourgeoise pleine de rebondissements qui sera menée avec brio par nos enquêteurs !

Il était 7 heures du matin, un vendredi du mois de mai. La chaleur était déjà accablante. Gilbert Dupont et son épouse Ghislaine, tous deux demeurant à Bure, faisaient leur jogging quotidien. Cela les aidait à tenir le choc car ils étaient confinés et travaillaient depuis leur domicile. Soudain Ghislaine poussa un cri strident !

— Gilbert viens vite, il y a une femme qui est allongée ici. Elle ne bouge plus, je crois qu'elle est décédée !

— J'arrive, oh c'est horrible, j'appelle tout de suite la police ! Ne touchons à rien surtout !

Une dizaine de minutes plus tard, une voiture des forces de l'ordre arriva à grands coups de pin pon !

Le commissaire Bernard Moretti, du commissariat de Thionville sortit de la voiture et s'adressa aux Dupont. Il leur posa des questions de routine. Il était accompagné du lieutenant Christian Dussolier. Après avoir entendu les témoins, il les invita à venir se présenter au commissariat de Thionville dans la soirée pour signer leur déposition. La sécurisation de la scène de crime leur incombait aussi, en attendant la médecin légiste du commissariat de Nancy et de son équipe scientifique.

— Je viens d'appeler Elisabeth, elle devrait arriver dans une heure, pour l'instant, je vais examiner la victime et voir si elle a ses papiers d'identité sur elle, suggéra Moretti.

— Je pense qu'elle a été étranglée, d'après les marques sur son cou.

— Tu as trouvé quelque chose ? demanda Dussolier ?

— Oui, elle est de nationalité luxembourgeoise et elle s'appelle Liliane Demoulin et habitait au 24, Grand-Rue ! Elle avait 56 ans.

— Bon, je vais appeler nos collègues du commissariat *Kayldall de Rumelange,* répondit Moretti. Nous devons coopérer avec eux étant donné sa domiciliation au Luxembourg.

Une dizaine de minutes plus tard, la voiture de police Rumelangeoise arriva sur les lieux du crime.

— Bonjour Messieurs, je suis le commissaire Roland Müller de Rumelange. Voici mon adjoint, Serge Scheer.

— Bonjour, je vous présente le lieutenant Christian Dussolier et moi-même commissaire Bernard Moretti ; nous avons appelé la police scientifique de Nancy, qui ne devrait plus tarder. Voilà les papiers d'identité de la victime !

— Merci, répondit Müller.

On entendit les sirènes des véhicules de police de Nancy qui arrivaient sur place.

— Bonjour tout le monde, vous avez déjà sécurisé le périmètre, c'est bien, s'écria Elisabeth Montaingu. C'était un petit bout de femme d'une quarantaine d'années, très énergique.

— Je pense qu'elle a été étranglée, répliqua Moretti.

— On passe d'abord aux présentations, demanda Dussolier ?

— Voilà nos collègues de Rumelange, le commissaire Roland Müller ainsi que son adjoint, Serge Scheer. Vous venez de parler au commissaire Bernard Moretti de Thionville, et moi je suis le lieutenant Christian Dussolier.

— Enchantée, voici ma collègue, Charline Vannier de la police scientifique, je suis Elisabeth Montaigu, médecin légiste.

— Tu fais des recherches aux alentours, Charline, tu prendras aussi des photos. Je suppose que notre victime connaissait son assassin. Elle ne s'est pas méfiée. Je me demande si elle a été tuée ici ou si son meurtrier a seulement déposé son corps à cet endroit ? C'est étrange.

— A quelle heure est-elle décédée? demanda Müller.

— Hum, d'après la rigidité cadavérique je dirais entre 2 et 3 heures du matin. L'autopsie devra le confirmer.

— Nous allons avertir la famille, ensuite nous devrons fouiller le passé de la défunte. Vous nous accompagnez ?

— D'accord, répondirent Moretti et Dussolier.

— Je vous enverrai une copie du rapport d'autopsie, répondit Elisabeth !

— Merci !

Les enquêteurs français suivirent leurs collègues luxembourgeois. Ils garèrent leur voiture sur la Place Grand-Duchesse Charlotte.

— C'est juste en face, fit Müller. Allons-y !

— Bonjour, nous sommes de la police luxembourgeoise, voilà nos collègues français. Vous êtes bien Monsieur Richard Demoulin ?

C'était un homme grand et fort qui devait frôler la cinquantaine ! Il avait l'air jovial et sympathique.

— Oui, mais que me veut la police ?

— Nous avons une triste nouvelle à vous annoncer Monsieur Demoulin, pouvons-nous rentrer un moment ? Merci.

— Oui, bien sûr ! Mais qu'est-ce qui se passe ?

— Le cadavre de votre épouse a été retrouvé ce matin entre Bure et Nondkeil. D'après les premiers éléments de l'enquête, elle aurait été étranglée !

— Oh, mon Dieu! Qui a pu faire une chose aussi horrible ?

— Etiez - vous en bons termes avec votre épouse ? demanda Moretti. Où étiez-vous cette nuit entre deux et trois heures du matin.

— Pourquoi, vous me soupçonnez ?! Je ne pouvais pas dormir, je suis sorti me promener avec Samy mon chien. J'ai croisé des jeunes gens qui m'ont demandé du feu. Je les connais, ce sont les jeunes d'en face, vous pourrez aller leur demander. Ma femme et moi avons divorcé il y a un an et demi. Liliane a refait sa vie, je suppose. Nos relations sont restées courtoises.

Elle m'avait raconté qu'elle avait un nouveau compagnon. Je pense aussi qu'elle n'a pas encore fait de changement de nom et d'adresse. Malheureusement, elle n'en aura plus besoin !

— Pouvez-vous nous noter ses nouvelles coordonnées ? demanda Roland. Avez-vous des enfants ?

— Je vous donne cela de suite, et pour répondre à votre question, malheureusement nous n'avons pas eu ce bonheur !

— Monsieur Demoulin, nous vous questionnons en tant que témoin, rien de plus ; s'il s'avère que vous êtes innocent, ce que nous devrons prouver, vous n'avez rien à craindre. Nous ne faisons que notre travail, c'est tout, s'exclama Moretti.

— Vous viendrez signer votre déposition cet après-midi vers 15 heures, s'il vous plaît. Notre collègue Serge Scheer a tout noté. Ne vous effrayez pas, pour vous rayer de la liste des suspects nous serons amenés à prendre vos empreintes. Encore une chose, veuillez nous ramener la liste de ses amis, merci !

— Bien, j'y serai c'est juste en face. Trouvez-vite le coupable ! Je vous remettrai aussi cette liste. Si je peux me rendre utile, n'hésitez pas !

— Merci pour votre proposition, je suis certain que nous allons nous revoir, répondit Moretti.

— Et si nous allions voir les voisins d'en face, proposa Müller, ils pourront confirmer l'alibi de Demoulin.

En effet, ce dernier avait dit la vérité. Les jeunes

confirmèrent l'avoir vu la nuit se promener avec son chien, Samy !

— Nous allons vous accompagner à Bure pour l'interrogatoire de Monsieur Freddy Manetti, le compagnon de la victime, fit Müller.

— Nous aurions gagné du temps si Liliane avait pu changer son adresse ! Soit, avec des «si», on ne refait pas le monde, souligna Serge Scheer.

— Exact, allons-y, répondit Müller.

— Encore une chose, suggéra Moretti, comme la victime était d'origine luxembourgeoise, je suppose que vous êtes d'accord pour que nous fassions certains interrogatoires au commissariat de Rumelange ?

— Bien entendu, nous sommes aussi équipés pour les analyses d'ADN et d'empreintes, pas de soucis !

— C'est parfait. Merci !

Nos enquêteurs se dirigèrent à nouveau en direction de la frontière française. Il commençait à pleuvoir ! Cela faisait du bien aux humains et à la nature car il n'avait plus plu depuis au moins trois semaines. Ils se garèrent devant une petite maison de mine, dans la rue d'Aumetz. La gazon était jauni par le manque d'eau. Sa façade avait été repeinte. Un homme d'une cinquantaine d'années vint à leur rencontre. Il était presque chauve et portait des lunettes noires.

— Bonjour, voici nos collègues luxembourgeois du commissariat de Rumelange, et nous sommes de la brigade de Thionville. Pourrions-nous entrer quelques instants ?

— Bien sûr, mais que me veulent les forces de l'ordre ?

— Nous avons une triste nouvelle à vous annoncer ? Ce matin le corps de votre amie, Liliane Demoulin a été retrouvé par deux joggeurs. Nous pensons qu'elle a été étranglée, l'autopsie suit son cours.

— Quoi ? Je me sens mal, excusez-moi ! Mais qui a pu faire une chose aussi abominable ?

— Ou étiez-vous cette nuit entre 2 et 3 heures du matin ?

— Dans mon lit, Liliane et moi nous nous étions disputés pour des bagatelles, enfin pour l'installation d'une douche, elle voulait une baignoire. Nous sommes en train de rénover la maison. Elle est partie vers onze heures en claquant la porte. Elle m'a dit qu'elle partait chez sa mère et qu'elle dormirai chez elle. Je n'ai pas insisté, si seulement… ! Non je n'ai ni alibi, ni mobile !

— Vous viendrez signer votre déposition au commissariat de Rumelange, cet après-midi vers 16 heures. Merci de nous ramener aussi une liste de ses connaissances et amies. En attendant, pourriez-vous me donner l'adresse de sa mère, s'il vous plaît ?

— Bien sûr, mais quand pourrais-je disposer du corps de mon amie ?

— Nous vous avertirons dès que notre médecin légiste de Nancy aura terminé.

— Voici l'adresse !

— Ah, elle habite à Nondkeil ?

— Oui sa maman est française, son mari est décédé l'année dernière et elle a déménagé en France pour être plus proche de Liliane, elle habitait à Kayl, au Luxembourg avant.

— Bien, à cet après-midi Monsieur Manetti.

Les enquêteurs sortirent et redémarrèrent vers Nondkeil. Ils garèrent leur voiture devant une maison des années 50. Une femme d'un certain âge se tenait au pas de la porte. Elle avait l'air bouleversé.

— Bonjour Madame Schmitt. Nous avons une triste nouvelle à vous annoncer ! Nous sommes des forces de l'ordre franco-luxembourgeoises.

— Monsieur Manetti vient de m'appeler. Je me sens mal, mon Dieu! Rentrez s'il vous plaît !

La pauvre femme avait les yeux remplis de larmes et tremblait !

Avez-vous vu votre fille hier soir, Madame Schmitt ?

— Non, je l'ai vue avant-hier quand elle a été faire ses courses, elle est venue me dire bonjour.

— Monsieur Manetti nous a dit qu'ils s'étaient disputés hier soir à cause de l'installation sanitaire. Votre fille serait partie en prétendant qu'elle passerait la nuit chez vous.

— Malheureusement je ne l'ai pas vue, je suis désolée, je ne puis vous aider. Mais qui pouvait en vouloir à ce point à ma fille pour l'assassiner. Comment est-elle morte ?

— Nous supposons que le meurtrier l'a étranglé. Notre médecin légiste est en train d'examiner son corps. Elle a été retrouvée ce matin entre Bure et Nondkeil par des joggeurs. Nous cherchons à découvrir ce qui s'est passé entre 23 heures et 3 heures du matin.

— Ou étiez-vous cette nuit entre deux et trois heures du matin, Madame ?

— Mais quel toupet ! Vous ne croyez tout de même pas que j'ai assassiné ma propre fille, fit Célestine. Son visage était écarlate.

— Nous menons une enquête pour meurtre, répondit Moretti et c'est justement pour vous éliminer de la liste des suspects que vous devez nous dire où vous étiez.

— Vous croyez que je me promène dans Nondkeil en pleine nuit et surtout pendant le couvre-feu ? J'étais dans mon lit, seule, en train de dormir, voilà, grogna-t-elle, visiblement vexée.

— Merci de vous présenter au commissariat de Rumelange à 16 heures cet après-midi. Monsieur Manetti pourra vous accompagner. Il est aussi convoqué pour signer son témoignage. Madame, il n'y a rien de personnel mais si nous voulons découvrir qui est l'assassin de votre fille, nous devons procéder par élimination.

— Excusez-moi, je suis irritée et choquée, bien sûr je comprends.

— Avez-vous besoin d'un médecin ? Nous pourrons vous en appeler un pour vous soutenir ?

— Je vais appeler mon médecin, il viendra entre midi !

— A tout à l'heure, Madame, prenez soin de vous !

— Il est midi, leur rappela Müller, si vous le souhaitez nous pourrons nous rendre à Rumelange pour commander un menu au *Mandarin*. Ils font aussi de la cuisine européenne.

—Merci pour votre proposition, cela nous changera de notre cantine, répondit Moretti. On y va ?

Le soleil commençait à chauffer. Les maraîchers étaient en train de ranger leurs cagettes de légumes. Les marchands d'habits faisaient de même.

— Vous avez ce marché une fois par semaine à Rumelange ?demanda Moretti.

— Non, une fois par mois, répondit Müller. Installez-vous dans la salle d'interrogatoire, je vais imprimer la carte de menu et ensuite, j'appellerai le restaurant. La salle est grande et adaptée aux mesures sanitaires en vigueur, pas d'inquiétude !

Dix minutes plus tard, les enquêteurs avaient passé commande et attendaient leurs plats.

— Ils sont vraiment à plaindre, fit remarquer Scheer, heureusement qu'ils font encore des livraisons à domicile et des «take-away».

— C'est pareil chez nous, répondit Moretti. Mais il n'y a pas qu'eux, les fournisseurs, la culture sont aussi concernés, c'est terrible.

— Alors, dites-moi, que pensez-vous de ce début d'enquête, demanda Dussolier ?

— C'est étrange, l'ami de la victime nous a dit qu'elle avait quitté leur domicile mais qu'elle n'était jamais arrivée chez sa mère. Je ne pense pas que cette dernière soit coupable, car elle était étonnée et sous le choc, répondit Moretti.

— Et s'il nous mentait tout simplement, suggéra Scheer. C'est peut-être lui qui l'a étranglée et puis il n'a pas de motif que pourrait l'innocenter.

— Serge, fit Müller, c'est difficile d'avoir un alibi pour la nuit. La plupart des personnes dorment. Elle a peut-être fait, soit une mauvaise rencontre, ce dont je doute, soit elle connaissait son meurtrier et ne s'est pas méfiée. Ni nous, ni nos collègues français n'avons remarqué des traces de lutte. J'ai l'impression que son corps a été déplacé derrière les buissons, ce n'est donc pas la scène de crime.

— J'approuve, lança Moretti. Elle menait peut-être une double vie, chose que son compagnon ignorait. A nous de trouver un début de piste.

— Soit son ex-mari nous ment, soit c'est son compagnon, s'interrogea Dussolier ; ou alors, ils sont innocents tous les deux et ignoraient les relations de Liliane ou son éventuelle double vie.

— Bon, je vais rédiger les trois dépositions, suggéra Serge.

— Vous voulez que j'en rédige une ? proposa Moretti.

— Oui, je veux bien, ainsi nous aurons terminé plus rapidement.

— Oui entrez !

— Rebonjour, Monsieur Demoulin, veuillez entrer, nous allons prendre vos empreintes et ensuite vous pourrez signer votre déposition. Désirez-vous un verre d'eau ?

— Oui volontiers, Monsieur le commissaire. Je vous ai ramené la liste des amies de mon ex-femme, fit Richard.

— S'il vous venait en mémoire un détail, même insignifiant, n'hésitez pas à revenir nous voir, proposa Roland.

— Oui bien sûr, vous pouvez compter sur moi.

— Hum, elle n'avait pas beaucoup d'amis, constata Müller. Deux noms de femme au Luxembourg, c'est tout.

— Tu sais, les amis on les compte sur une main, répondit Moretti. Oh, elles sont pour vous, elles sont de Dudelange et Rumelange.

— Oui, pas de soucis, on s'en occupera, n'est-ce pas Serge ?

— Oui Roland !

— Nous attendrons encore la liste de Freddy Manetti puis nous repartirons. Il se pourrait qu'il y ait des résidents français dessus.

— Bien vu, répliqua Müller

— Oui entrez, fit Müller.

— Rebonjour Messieurs Dames !

— Bonjour Madame Schmitt, Monsieur Manetti. Veuillez prendre place. Nous allons vous faire un prélèvement d'ADN, et enfin vous signerez votre déposition.

— Bien, et voilà la liste de ses amis. C'est vrai elle n'en avait pas beaucoup.
Il y avait deux noms dessus.

— Est-ce que votre compagne avait des hobbies, des occupations ? Dans quoi travaillait-elle exactement ?

— De temps à autre elle faisait de la marche avec ses amies, à part cela je ne vois rien d'autre. Pour son travail elle faisait des ménages chez des personnes âgées pour l'association *SOS HELLEF* de Dudelange.. Elle travaillait à mi-temps. Je ne comprends pas qu'elle ne soit jamais arrivée chez sa maman.

— En effet, déclara Célestine, chez qui a-t-elle pu aller ? Est-ce que ma fille menait une double vie ? Attrapez vite le coupable! Cette incertitude, le doute, cela me ronge et me perturbe. Je ne reconnais plus ma fille.

— Nous allons faire du mieux que nous pouvons Madame ! Néanmoins nous devons prendre vos empreintes pour vous rayer de la liste des suspects, c'est ainsi que nous procédons.

— Faites, je vous en prie.

Célestine transpirait et avait les yeux rougis.

Dix minutes plus tard nos enquêteurs français s'apprêtaient à partir pour interroger les deux amies de Liliane, à Bure.

— On vous enverra leur déposition. Vous aurez aussi celle des témoins de ce matin.

— Merci Messieurs, à demain. Le déjeuner était délicieux.

— On vous appellera pour faire le point, suggéra Moretti.

— Quelle drôle d'enquête, soupira Dussolier, je me demande dans quoi ou dans quel trafic cette femme était mêlée ? Il sont sympathiques nos collègues luxembourgeois.

— Oui, ils sont très coopératifs et compétents. Ne t'en fait pas Christian, je suis certain qu'on trouvera le coupable. Bon, on arrive chez la première amie de notre victime.

La maison était une construction assez récente. Hélène Dubois devait frôler la cinquantaine. Elle était en train de ranger ses outils de jardin.

— Bonjour Madame, Hélène Dubois? Nous sommes du commissariat de police de Thionville, voici le lieutenant Dussolier, je suis le commissaire Moretti.

— Bonjour Messieurs, puis-je connaître le motif de votre visite ?

— Nous avons une triste nouvelle à vous annoncer, pourrions-nous rentrer s'il vous plaît ?

— Bien sûr, Messieurs !

— Votre amie, Madame Demoulin a été retrouvée assassinée ce matin entre Bure et Nondkeil. Toutes nos condoléances, Madame !

— Quoi, oh mais c'est incroyable, je l'ai encore vue jeudi après-midi, nous nous sommes promenées ! Elle était rentrée un peu plus tôt que d'habitude.

— Est-ce que votre amie semblait soucieuse, se sentait-elle menacée par une personne, avait-elle des dettes ?

— J'avoue qu'on ne se connaissait pas très bien, elle habitait à Rumelange avant. Cela fait seulement 4 mois que nous nous voyons. On s'est rencontrées durant le confinement sur le même chemin communal. Après cela, nous avons fait, de temps à autre, de la marche ensemble. Pour revenir à votre question, Liliane semblait ailleurs depuis quelque temps. Oui, en effet, elle avait mauvaise mine. Elle m'avait demandé si je pouvais lui prêter 500 Euros. Je lui en ai prêté 250, car je ne roule pas sur l'or. Je pense qu'elle avait des dettes.

— Pensez-vous qu'elle jouait au casino ?

— Je l'ignore ! Vous savez chaque maison a son secret, je ne voulais pas être indiscrète. Pour mon argent, je peux faire une croix dessus mais le plus horrible c'est son assassinat. Une vie humaine, on ne peut plus la remplacer, l'argent oui.

— Pourriez-vous vous libérer demain matin pour venir signer votre déposition au commissariat de Thionville, disons vers 9 heures ?

— Oui, aucun soucis, je reprends mon service à l'hôpital de Niedercorn à 14 heures.

— Dernière chose, nous serons amenés à prendre votre ADN pour vous rayer de la liste des suspects.

— Je n'y vois pas d'objection, de toute façon je n'ai rien fait.

— Bien Madame, bonne soirée et à demain. Merci pour votre aide.

— Hum ! fit Moretti, en fixant Dussolier, voilà donc la première irrégularité sur laquelle nous sommes tombées. Nous verrons bien ce qu'Océane Duchâteau nous révélera. Tu pourrais contacter Madame la Procureure du Rocher ; j'aimerais que la brigade financière nous file un coup de main concernant les comptes de la victime.

— Oui, bien sûr, je les appelle de suite, nous passerons chez elle avant de rentrer au commissariat. N'avertissons pas son compagnon, il vaut mieux, il serait peut-être tenté de nous cacher des choses.

— Oui, je suis de ton avis

— C'est fait, Madame la Procureure nous attend.

Nos policiers garèrent leur voiture tout près de la mairie de Tressange. Océane habitait à côté de la Poste. Moretti regarda sur sa montre. Il était 15 h 30 ! Le soleil tapait fort. Une femme, le cinquantaine, leur ouvrit la porte. Elle transpirait à grosses gouttes.

— Bonjour Madame Duchâteau ?

— Oui, c'est moi !

— Nous sommes du commissariat de Thionville, pourrions nous entrer un moment s'il vous plaît.

— Oui bien sûr, mais que me voulez-vous ?

— Nous avons une mauvaise nouvelle à vous annoncer, s'exclama Dussolier. Ce matin, des joggeurs ont retrouvé le corps de votre amie, Liliane Demoulin.

Nous supposons une strangulation. Nous n'avons pas encore reçu les résultats de l'autopsie. Toutes nos condoléances !

— Mon Dieu, je me sens mal. Prenez place Messieurs, je vous en prie.

— Que pouvez-vous nous dire au sujet de votre amie Liliane ? Se sentait-elle menacée ? Avait-elle des problèmes d'argent ? Qu'en est-il de son ménage ?

— Liliane, je ne la connaissais que depuis quelques mois. Cela ne faisait pas longtemps qu'elle avait emménagé ici. Nous avons commencé à discuter dehors, pendant le confinement. Mais depuis quelque temps, elle avait changé, elle semblait perturbée. Il y a deux mois, elle m'a demandé si je pouvais lui prêter 200 Euros. Je lui en ai donné 100, je fait des ménages chez des personnes âgées pour *l'AMAPA*, c'était le maximum que je pouvais lui prêter. Elle m'a dit qu'elle avait sa machine à laver qui était cassée mais je ne l'ai pas crûe. De toute façon, elle ne pourra plus me rembourser maintenant, mais ce qui est pire, c'est que je ne la verrai plus jamais.

— Auriez-vous l'amabilité de passer demain matin vers 10 heures au commissariat, s'il-vous-plaît. Nous vous ferons signer votre déposition. Nous prendrons aussi vos empreintes, n'ayez crainte, ce sera pour vous rayer de notre liste de suspects.

— Bien, je vais avertir mon chef que j'arriverai plus tard.

— Nous pourrons, bien sûr, vous fournir un certificat pour votre absence !

— Oui, volontiers, merci !

— Merci, à demain Madame Duchâteau.

Nos enquêteurs s'éloignèrent et montèrent dans leur voiture. Soudain, le portable de Moretti sonna.

— Oui, chérie, oui on est sur l'enquête. Ah, tu l'as entendu à la radio. Je l'ignore, nous devons passer encore chez Madame La Procureure, et rédiger les dépositions de deux témoins. Je t'appellerai dès que l'on aura terminé. Embrasse Claude de ma part. Ah, elle a eu un 18 en mathématiques, formidable ! Bravo ! Et toi comment s'est passée ta journée à la mairie ? Bien, alors à plus tard. Je t'embrasse.

— C'était ma femme, Christine. Elle a entendu les informations à la radio et ils parlaient justement du meurtre. T'en fais pas Christian, tu es encore jeune, tu trouveras aussi chaussure à ton pied. Il faut juste être patient.

— Oui, tu as raison Bernard, le boulot me prend beaucoup de temps, mais je ne désespère pas. Viens, on va encore chez Madame la Procureure ensuite on rédigera les rapports des témoins. Ils passent à quelle heure les Dupont ?

— Je les ai convoqués pour 18 heures !

— Bien, allons-y !

Ils arrivèrent près du palais de justice de Thionville. Christian acheta deux bouteilles d'eau à un marchand ambulant. La chaleur était insupportable. Il faisait 30 degrés à l'ombre.

— Bonjour Madame la Procureure !

— Bonjour Messieurs.

Devant eux, se tenait une très belle magistrate sympathique avec une belle chevelure rousse. Son eau de toilette à la citronnelle embaumait tout le bureau. Elle frôlait la quarantaine.

— Voici votre perquisition ! Avez-vous déjà pu obtenir quelques renseignements ?

— Oui, Madame la Procureure, répondit Moretti. L'enquête débute seulement. Notre victime, d'après les témoignages de deux de ses amies, devait avoir des dettes car elle leur avait réclamé de l'argent. Ce sont des sommes très modestes, par contre, ce qui est étrange, c'est qu'elle a quitté son domicile de Bure hier soir aux environs de 23 heures après une dispute avec son compagnon. Elle voulait aller dormir chez sa mère, et n'y est jamais arrivée. Cette dernière habite à Nondkeil ! L'heure de sa mort devrait se situer aux alentours de 2 et 3 heures du matin. D'après le témoignage de son ami la dispute aurait dégénérée à cause de l'installation sanitaire.

— On ne tue pas quelqu'un pour un différent sanitaire, répliqua la magistrate. Comment a t-elle été supprimée ?

— Nous supposons qu'elle a été étranglée, la médecin légiste de Nancy doit nous envoyer son rapport demain matin.

— En ce qui concerne son compagnon, nous sommes de votre avis, Madame la Procureure, assassiner quelqu'un pour un différent domestique, non. Nous avons déjà contacté la brigade financière pour éplucher les comptes de la victime et de son ami! Les enquêteurs de Rumelange vont se rapprocher des deux autres amies luxembourgeoises de Liliane.

— Tenez Messieurs, votre perquisition, vous avez toute ma confiance.

— Nous allons repartir car nous devons encore rédiger le rapport des témoins.

— Bonne chance Messieurs, et tenez-moi informée.

— Ce sera fait Madame la Procureure.

Nos deux enquêteurs mirent 10 minutes du Palais de Justice jusqu'au commissariat de police.

— Je vais appeler le commissaire Müller.

— Bonne idée, répondit Christian.

— Allô Roland, nous venons d'interroger les deux amies de Liliane. Elle leur avait demandé de lui prêter de l'argent. Notre brigade scientifique contrôlera demain matin leurs comptes respectifs.

— C'est étrange, les deux amies qu'elle avait ici au Grand-Duché, nous ont aussi confirmé qu'elle leur devait de l'argent ; 200 et 100 Euros, c'est tout ce que l'on a pu en tirer. On ne tue pas quelqu'un pour des petites sommes !

— Je suis de ton avis, Roland.

— Si nous ne trouvons rien, je suggère que l'on aille faire un tour au casino à Mondorf ou d'Amnéville ! Liliane est peut-être connue là bas ?

— C'est une bonne idée, répondit Müller, on se tient au courant. A demain.

— A demain Roland.

— Bon, encore un petit effort et nous pourrons partir chez nous.

— Voilà, je te contre-signe ta déposition et vice et versa ?

— Oui, j'arrive, répondit Dussolier.

— On attend encore les Dupont avant de rentrer.

Christine embrassa son mari.

— Alors qu'as tu préparé à manger ?

— On t'a laissé une assiette de soupe aux légumes, du jambon et du gruyère.

— Hum, d'accord, je n'ai pas beaucoup d'appétit. Cette enquête est un vrai «coupe-faim» !Cela fait longtemps que l'on n'a plus eu à résoudre un meurtre et on n'a pas encore de piste valable.

— Je ne m'inquiète pas chéri, je te fait confiance, surtout que ce n'est que la première journée !

— J'espère que tu as raison.

— Tiens Claude, c'est pour toi, nous sommes fiers de toi.

— C'est quoi papa? Oh une nouvelle calculatrice, c'est super, merci beaucoup.

— Bon, on regarde encore un petit film et après on va se coucher ? demanda Christine.

— D'accord on y va !

— Je suppose que tu travailleras demain, Bernard ?

— Oui on ne peut rien te cacher, chérie !

— J'espère que pour toi, tout va bien à la mairie ?

— Oui, ne t'inquiète pas, en ce moment nous préparons avec la médiathèque, un salon du livre. Avec cette pandémie, j'espère qu'il ne sera pas annulé ?

— Pourquoi vous ne le faites pas à l'extérieur ? Les ouvriers communaux et les pompiers pourraient vous aider à dresser quelques abris, non ?

— Merci mon mari, effectivement tu as raison. J'essaierai de faire bouger les choses lundi.

Le lendemain à 8 heures tapantes, nos policiers étaient assis dans leur bureau. Leurs collègues de la brigade financière arrivaient aussi.

— Bonjour tout le monde. J'espère que vous allez bien, avec cette chaleur ! Alors vous avez la perquisition ? demanda Louis de Flanville.

Il devait frôler la quarantaine. Le spécialiste des finances portait un jean et une chemise blanche. L'odeur de son après-rasage était agréable.

— Oui la voici, s'exclama Bernard.

— Et vous comment allez-vous ?

— Bien, à part ce meurtre dont on n'a pas encore trouvé de mobile valable !

— Puis-je vous présenter notre nouvelle collègue, Charlène Maréchal.

— Enchantée, voici mon collègue le lieutenant Christian Dussolier, je suis le commissaire Bernard Moretti.

Charlène devait avoir une trentaine d'années. Des lunettes rouges ornaient un nez fin. Une eau de toilette à la vanille embaumait le bureau !

Dussolier ne la quitta pas des yeux!

— Vous pouvez vous rendre avec Christian chez le compagnon de la victime, j'ai des témoins qui vont venir signer leur déposition à 9 et à 10 heures. Dès que j'aurai terminé je vous rejoindrai.

— Parfait, j'espère que l'on pourra vous aider ?

— Nous l'espérons aussi !

— A tout à l'heure !

Soudain, son téléphone se mit à sonner. C'était la médecin légiste.

— Bonjour Elisabeth, comment allez-vous ? Alors qu'a donné l'autopsie de Madame Demoulin ?

— La victime a été étranglée comme nous l'avions prédit. Elle a dû griffer le meurtrier car nous avons trouvé des fragments de peau en dessous de ses ongles. Elle a eu des rapports intimes consentis quelque temps avant sa mort. L'homme ne portait pas de préservatif. L'heure de sa mort devrait se situer aux alentours de 2 heures ou 3 heures du matin ! Son corps a dû être transporté dans le coffre d'une voiture car sur ses habits se trouvaient des résidus divers comme des tâches d'huile de moteur qui n'ont rien à voir avec la scène de crime. Les analyses toxicologiques n'ont rien donné. Elle menait une vie saine !

— Oh, c'est une bonne nouvelle pour les fragments de peau et le sperme. Cela ne veut pas dire que son ami ou son amant soient ses assassins. J'espère que la blessure du meurtrier sera visible.

— Je l'espère aussi pour vous.

— Quand est-ce que son compagnon pourra venir récupérer le corps de Liliane ?

— A partir de demain, je ne vois pas ce que l'on pourrai découvrir de plus..

— Je dois rejoindre nos collègues, ils sont en train de fouiller la maison et les comptes de Madame Demoulin. Je vais l'en informer. Merci, Elisabeth, vous pouvez m'envoyer le rapport par mail et mettre nos enquêteurs de Rumelange en copie ? Voici leur adresse électronique.

— Bien sûr, pas de soucis.

— Au revoir, Bernard.

— Au revoir et merci !

Deux heures plus tard, Bernard rangea les dépositions des amies de Liliane et rejoignit les enquêteurs qui étaient en train de fouiller la demeure de son ami et bien sûr d'analyser les comptes.

— Bonjour Monsieur Manetti. Je viens d'avoir notre médecin légiste au téléphone. L'autopsie du corps de votre compagne est terminée. Voici son numéro de téléphone. Elle pourra vous aider pour l'enterrement. Vous pourrez aussi avertir sa maman, s'il-vous-plaît ?

— Merci, Monsieur le commissaire. Je ne comprends pas pourquoi il y a tant de remue ménage chez moi ? Mais que cherchez-vous exactement ?

— Le mobile du crime, patience, on en saura plus dans quelques minutes.

— Alors, avez-vous déjà un indice, une piste ? demanda Moretti à ses coéquipiers ?

— Liliane avait un compte commun avec Manetti. Nous n'avons rien constaté d'anormal qui devrait nous alerter. Mais il y avait aussi un second compte offshore sur l'Île Maurice, s'exclama de Flanville. Ils étaient trois en possession d'une procuration. Liliane était actionnaire dans une société française qui s'intitulait *FRANCECOMP* ! Cette société était composée de trois membres, la victime et encore deux autres personnes, Jeremy de Nairac et Philippe de Saint Roman, tous deux natifs de Port Louis. Jeremy demeure à Metz et Philippe à Nancy. La société ne marchait pas trop mal d'après les bilans de 2019. Ceux de 2020 ne sont pas encore disponibles.

— Bon travail, nous voilà enfin sur une piste sérieuse, s'exclama Dussolier.

— Mais quel était la fonction de cette société ? reprit Moretti.

— D'après le K-Bis, il devait s'agir d'une société d'importation et d'exportation de timbres rares et d'oeuvres d'art.

— Hum, s'interrogea Charlène, en manipulant le code industriel d'une société, on peut aussi importer ou exporter des objets interdits. J'imagine que la Chambre de Commerce vérifie cependant tous les documents avant de donner l'autorisation à la société. Ils lui ont peut-être présenté de faux documents, allez savoir ?

Ses yeux scintillaient, elle était devenue toute rouge quand Dussolier la fixa et lui fit un clin d'oeil.

— Bien vu, chère collègue, répondit-il.

— En effet, déclara Moretti. Ceci ne veut pas dire pour autant que l'un des deux ait supprimé Liliane. A moins qu'elle voulait arrêter et eux non. Je vais appeler la brigade de Metz et de Nancy. On va les mettre tous les deux sur écoute et sous surveillance, cette histoire ne me plaît pas du tout.

— Que faisait Liliane avec ces deux hommes ? Quel genre de transactions effectuaient-ils réellement ? C'est à ne plus rien comprendre, s'interrogea Dussolier.

— De mon côté nous allons vous aider avec les autorités et la banque *BACAM* de Port Louis pour avoir plus d'informations. Interpol pourra nous aider. Je suppose que, quand le compte a été ouvert, un des trois a dû se déplacer jusque là-bas, rajouta de Flanville. A moins qu'ils aient engagé un courtier pour leur venir en aide.

— Très bien, je vais avertir nos collègues luxembourgeois de ce pas, répondit le lieutenant.

Dussolier s'empressa de communiquer les nouvelles informations à Roland et Serge. Il leur confirma qu'ils allaient recevoir une copie du rapport de la perquisition.

Moretti appela Madame la Procureure du Rocher.

— Monsieur Manetti, étiez-vous au courant que votre amie possédait un compte offshore avec deux autres personnes ?

— Quoi, un compte offshore ? C'est quoi cette histoire sordide ?Non je n'en savais rien.

— Votre compagne avait créé une société qui importait et exportait des timbres rares et des œuvres d'art. D'après nos experts financiers, cette société ne marchait pas trop mal, or Liliane avait demandé à ses deux amies de lui prêter de l'argent. Ce n'était pas de gros montants, donc je ne comprends pas pourquoi elle a agi de la sorte ?

— Je suis choqué par toutes ces révélations, répondit Manetti. Ma compagne était accroc aux jeux et elle avait peut-être honte de demander de l'argent à ses actionnaires. C'est pour cette raison qu'elle se serait adressée à ses amies. Ces derniers temps cela allait mieux car elle était allée voir un psychologue à ce sujet.

Je n'arrivais plus à éponger ses dettes qui étaient de 10.000 Euros ! Elle jouait aux tables et croyez-moi, je ne l'ai jamais accompagné au Casino à Mondorf.. Vous pouvez aller leur demander. Nous avons vécu une période difficile ! Je voulais absolument la sortir de cet imbroglio !Et depuis six semaines, plus rien, c'était un miracle !

— Nous vous remercions Monsieur Manetti. S'il vous revenait en mémoire encore un détail même insignifiant, n'hésitez pas à nous contacter. Voici ma carte de visite.

— Je n'y manquerai pas. J'espère que vous attraperez celui qui l'a supprimée!

— Nous sommes seulement au début de l'enquête, répondit Moretti, nous éliminerons d'abord les fausses pistes, ensuite il nous restera la bonne et un motif valable. Occupez-vous bien de la mère de Liliane, elle a besoin de soutien pour l'instant.

— Oui je sais, je fait du mieux possible, elle tout comme moi sommes anéantis. Son médecin lui a donné un traitement, heureusement.

Tous les enquêteurs sortirent de la demeure de Manetti.

— Pauvre homme, fit Moretti, il n'avait pas la vie facile avec Liliane.

— Comme il n'y a plus de restaurants ouverts, je pense que l'on va vous inviter au drive du Burger King à Thionville, suggéra Dussolier.

Il regarda sa montre, il était 11 h 45.

— Bien, on n'a pas vraiment le choix, répondit Charlène, on vous suit.

— Soyez assurée, j'aimerai mieux vous offrir un dîner, malheureusement la pandémie nous limite dans beaucoup de choses. Nous verrons donc cela une autre fois, si vous acceptez bien sûr.

— Merci Christian, mais je pense que mon mari ne serait pas trop d'accord, ahahahaha !

— Tout le monde se mit à rire !

— Pas grave, répondit Dussolier, un peu gêné., je comprends. Nous devons nous coordonner pour les menus ils sont affichés sur leur site. Vous me remettrez votre commande et j'irai tout récupérer. Je vous rejoindrai au commissariat avec Bernard. Je vais les appeler pour qu'ils vous ouvrent la salle de réunion ! Il y a des téléphones et des ordinateurs à votre disposition.

— Merci c'est très aimable !

— Tu n'en loupes pas une, rigola Moretti quand ils étaient en voiture. J'ai vu comment tu la fixais.

— Oui, elle me plaît, dommage, les gentilles et belles femmes sont déjà toutes prises.

— Ne te décourage pas, la bonne personne se présentera un jour devant toi quand tu n'y penseras pas.

— Tu as raison, j'arrête de me prendre la tête avec cela maintenant et je me concentre sur l'enquête ça vaudra mieux. On doit s'occuper d'un meurtre et pas de ma vie amoureuse. Je vais appeler le poste de police pour nos coéquipiers.

Trente minutes plus tard Dussolier revint avec les commandes.

— Hum, ça sent bon, remarqua de Flanville.

— Combien on vous doit, demanda-t-il ?

— C'est bon, cadeau de la maison.

— Nous vous inviterons une autre fois, merci à vous !

— Nous avons déjà commencé nos recherches, lança Charlène !

— Bien, expliquez nous, fit Moretti.

— J'ai appelé cette banque *BACAM* de Port Louis Ils ont trois heures d'avance mais ils étaient encore ouvert, surtout un samedi après-midi ; c'est étonnant. Nous avons conversé en visioconférence donc ils ont pu nous voir et vérifier nos papiers d'identité. C'est en effet un courtier du nom de *Business Trade Centre* de Londres qui a fait les démarches nécessaires pour l'ouverture du compte. Ils vont nous envoyer le dossier par mail encore aujourd'hui. Je suis curieuse de le voir. Interpol est sur les lieux à Londres et essaye de trouver une piste sérieuse en leurs locaux. J'espère qu'ils vont trouver quelque chose dans le dossier de nos trois associés. J'ignore cependant s'ils vont découvrir des preuves aujourd'hui,.je dirais plutôt lundi.

— Ce sera probablement vous qui allez trouver quelque chose en premier, rajouta Dussolier, j'en suis certain.

Charlène transpirait et son visage était devenu écarlate. Cela devait être l'extrême rigueur qu'elle s'imposait pour exercer correctement son métier. Elle but un peu d'eau, ce qui permit de faire descendre son stress.

— Moi, j'ai appelé de Saint Roman et de Nairac, rajouta de Flanville. Tous deux n'étaient pas au courant de la mort de Liliane, enfin, c'est ce qu'ils prétendaient. Ils vont passer au commissariat cet après-midi. Voyons ce qu'ils ont à nous dire.

De Flanville était un homme jovial et ses yeux reflétaient la sincérité dans ses propos.

— Bon travail. Maintenant je vous souhaite un bon appétit. On reprendra plus tard, proposa Moretti.

On n'entendait plus personne parler car tous étaient en train de manger leurs burgers et leurs frites. Dussolier avait aussi ramené de l'eau et du café pour chacun.

Quelques minutes plus tard, le portable de Moretti se mit à sonner. C'était Roland Müller de la police luxembourgeoise !

— Quoi, non, c'est pas vrai ! Je n'en reviens pas. Oui, envoyez nous tout ! Oui, également une copie pour Nancy. Nous on attend les deux associés de Liliane. On verra bien ce qu'ils ont à nous dire. Je vous enverrai notre rapport. Nous allons recevoir aussi les documents d'ouverture et mouvements de compte de la banque *BACAM*. Dès qu'ils seront arrivés, je vous les transmettrai! A bientôt ! Merci !

— Alors, tenez vous bien, l'ex-mari de Liliane, Richard, était mêlé à un trafic de faux monnayeurs il y a trois ans. Il a fait 2 ans de prison et a dû payer une amende de 30.000 Euros. C'est peut-être pour cela que Liliane a divorcé. Pour l'instant on l'ignore. Il se peut, bien sûr, qu'elle ait été aussi complice, qui sait ? Nos collègues luxembourgeois sont en train de cuisiner son ex. Il prétend que Liliane n'était pas au courant quand il a été intercepté par la police Grand-Ducale. On aura tout vu et tout entendu aujourd'hui, mais cela ne veut pas dire que ce que nous venons d'apprendre est lié à la mort de la victime.

— Tout le monde avait terminé de déjeuner ! Moretti se dépêchait de terminer son burger.

— Comment est-ce qu'ils sont tombés sur ces renseignements ? demanda Maréchal.

— Le collaborateur du commissaire Müller, Serge Scheer, a fait des recherches dans le fichier central des délinquants luxembourgeois. Il a passé en revue tous les noms pour lesquels ils avaient recueilli les témoignages ainsi que les nôtres et ils sont tombés sur Richard Demoulin.. Peut-être faudrait-il aussi analyser tous les noms des personnes qui ont témoigné ou qui vont témoigner. Ils utilisent le système d'Interpol au Grand-Duché et une double vérification vaut toujours mieux. On trouvera éventuellement quelque chose sur les deux associés de Liliane, sait-on jamais !

— C'est comme si c'était fait, s'exclama Dussolier.

— Merci Christian.

— De rien, ah pour le fric les gens sont capables de tout !

— Certainement, répondit de Flanville, mais probablement pas de meurtre. C'est la seule piste que nous ayons pour le moment, il faudra qu'on l'exploite.

— Christian, pendant que toi tu fais tes recherches, je vais appeler Madame la Procureure pour lui dire ce que nous avons découvert.

— Allô Madame la Procureure, c'est Moretti à l'appareil. Oui, nous avançons à petits pas. Nous avons découvert que la victime a travaillé avec deux associés, Jerémy de Nairac et Philippe de Saint Roman, tous deux natifs de Port Louis sur l'Île Maurice. Leur société s'occupait d'exportation de timbres rares et d'oeuvres d'art. Ils géraient tous les trois un compte commun offshore. La brigade financière a déjà contacté la Banque *BACAM* à Port Louis et nous attendons tous les documents. L'intermédiaire était le *Business Trade Center* de Londres qui les a aidé pour l'ouverture du compte.

— C'est quoi cette histoire, ça sent l'arnaque à plein nez ! Qu'ont-ils à cacher ? Ce n'est peut-être pas le motif du meurtre, je l'ignore. Certains pays sont assez larges avec les contrôles des comptes offshore, j'en conviens.

— Je vous le concède Madame du Rocher, j'espère que les documents vont arriver avant les témoins. J'ai appelé les brigades de Metz et Nancy, les deux hommes sont déjà sur écoute.

— Merci pour ce début de piste.

— Dès que nous aurons terminé avec l'analyse des papiers et l'audition des témoins nous vous avertirons, rajouta Bernard.

— Bien, au moindre souci, appelez-moi, à n'importe quelle heure, je vous signerai un mandat de perquisition pour les domiciles de Nairac et Saint Roman s'il s'avère qu'ils sont trempés dans un trafic douteux ou un blanchiment d'argent.

— Merci Madame la Procureure.

— Alors Christian, que dit le fichier central ?

— J'ai effectivement trouvé, tout comme nos collègues luxembourgeois, uniquement le nom de l'ex-mari de notre victime. Aucun autre nom relié à l'enquête n'est apparu.

— Bien, merci !

— Tenez, fit Charlène, les documents viennent d'arriver de la *Banque BACAM.* Il y a d'importantes sommes d'argent qui ont transité de ce compte sur un autre à Monaco. Des versements ont aussi été effectués sur un second à Hong Kong. Et c'est toujours ce *Business Trade Center de Londres* qui s'en est occupé. C'est quoi tout ce trafic ?

— Hum, fit remarquer Dussolier, cela sent le blanchiment d'argent, attendons ce que ces deux Messieurs ont à nous dire.

Soudain la porte s'ouvrit. Les mauriciens étaient accompagnés par leur avocate, maître D'Huart.

— Bonjour Messieurs Dames, veuillez prendre place. Voici le lieutenant Dussolier et la brigade financière, Madame Maréchal et Monsieur de Flanville. Je suis le commissaire Moretti.

— Maître Maryline D'Huart, je représente les intérêts de Messieurs de Nairac et de Saint Roman.

— Bien, répondit Moretti, si vos clients n'ont rien à se reprocher, comment se fait-il qu'ils vous aient mandaté ? Pour l'instant ils ne sont interrogés qu'en tant que témoins dans une histoire d'homicide.

— Mes clients sont désolés de ce qui est arrivé à leur associée Madame Demoulin mais ils n'y sont pour rien. Ils m'ont contacté tout simplement pour que je les assiste dans leurs témoignages et d'ailleurs cette dame avait quitté la société 2 jours avant son assassinat.

— Ah bon, c'est étrange, c'est certainement une coïncidence qui n'a rien à voir avec son meurtre. Notre brigade financière a découvert des documents de la défunte qui les reliaient à un compte offshore à la *Banque BACAM* détenu par vous trois. Pouvez-vous nous expliquer comment différents virements ont transité sur des comptes similaires via Monaco et Hong-Kong ? Merci de laisser la parole à vos clients, maître d'Huart.

— Nous sommes importateurs d'objets d'art et de timbres rares de l'île Maurice, répondit de Nairac. Nous gérons une clientèle très fortunée et pour pouvoir garder leur anonymat, nous avons prévu de placer les gains des ventes sur des comptes divers.

— C'est surtout pour fuir la fiscalité non ? rétorqua Dussolier.

— Permettez-moi de vous interrompe, s'exclama maître d'Huart. Ces transactions sont absolument légales, les taux d'intérêts étant supérieurs à des comptes courants. Je ne vois pas où vous voulez en venir !?

— Ah non, s'écria Moretti, et le blanchiment d'argent, vous l'ignorez ?

Moretti était hors de lui !

— Vous n'avez pas la moindre preuve, hurla de Saint Roman. Ce ne sont que des suppositions et rien d'autre !

— Ne vous inquiétez pas, fit Dussolier, nous trouverons des preuves en épluchant vos placements. Je pense que les ramifications des comptes ne s'arrêteront ni à Monaco ni à Hong Kong ! Vous avez tout intérêt à coopérer avec la justice et prouver votre innocence quant au meurtre de votre associée. Elle en savait certainement un peu trop sur votre business, qui sait ? Pourquoi a t'elle quitté la société ?

— C'est grotesque, s'écria de Nairac. Liliane avait décidé de ne plus collaborer avec nous et de retirer ses actions de la société. Je suppose qu'elle devait éponger ses dettes de jeu, c'est l'explication la plus plausible.

— Vous voulez savoir leur emploi du temps, suggéra la magistrate ?

— Evidemment, répliqua Moretti.

— J'étais chez moi toute la soirée du jeudi au vendredi, reprit de Nairac. J'y étais avec mon épouse Carine et ma fille Sylviane. Voici leurs coordonnées.

Vous pouvez leur demander. Je n'ai plus vu Liliane depuis environ quinze jours. Apparemment elle était en traitement pour son addiction au jeu et elle se portait mieux. Elle nous avait contacté par téléphone trois jours avant sa mort pour nous annoncer son désir de quitter notre société.

— Oui c'est exact, répondit de Saint Roman.

— Et vous, reprit Moretti, où vous trouviez-vous dans la nuit de jeudi à vendredi, Monsieur de Saint Roman ?

— J'étais chez mon amie, Madame Lorraine Müller, je vous note son adresse. Je ne comprends toujours pas pourquoi vous nous suspectez ?

— Monsieur, nous menons une enquête pour homicide ; pour l'instant, vous n'êtes ici que comme témoins. Si vos alibis tiennent la route et nous allons les vérifier de suite, vous n'aurez aucun souci à vous faire au sujet du meurtre.Si nous retrouvons cependant des irrégularités au niveau de tous ces comptes et sous-comptes, ce sera la brigade financière de Nancy qui vous inculpera. Vous avez donc tout intérêt à montrer patte blanche et coopérer avec les forces de l'ordre.

— Vous n'avez pas de preuves, s'écria la magistrate hors d'elle, vous n'avancez que des suppositions et vous menacez mes clients. Si vous n'avez plus de questions, nous allons partir.

— Je vous en prie, maître, faites-donc, nous ne vous retiendrons pas plus longtemps. Le temps de faire signer la déposition à vos clients et vous pourrez repartir, ajouta Moretti. Nous prendrons également leurs empreintes.

— Il n'en est pas question, signifia l'avocate.

— Si vous voulez qu'ils soient disculpés, c'est dans leur intérêt de faire ce que nous leur demandons.

— Laissez, fit de Saint Roman, ils ne font que leur travail, si cela peut nous innocenter, je veux bien.

— Moi également, répondit de Nairac.

— Voilà, Messieurs, vous pouvez repartir mais il n'est pas exclu que nous nous revoyons. S'il vous revenait en mémoire encore un détail, voilà ma carte de visite.

— Au-revoir maître, Messieurs !

— Bravo les gars, s'exclama Charlène, vous avez bien réagi, ah ces deux arrogants et leur avocate, c'est terrible, ils se croient tout permis ! Je vous assure, on va tout éplucher et si on trouve la moindre irrégularité ils sont bons pour passer quelques temps derrière les barreaux.

— Merci, Charlène, répondit Moretti, ce sont peut-être des gens antipathiques et hautains, or ce n'est pas dit que ce soit des assassins. Je suis presque certain que vous trouverez des irrégularités. Ils avaient l'air terrifié car sinon pourquoi se faire représenter par une avocate ?

— Nous allons nous remettre au travail, fit de Flanville.

— Je vais appeler nos collègues de Rumelange, ensuite je leur enverrai le rapport, suggéra Dussolier.

— Moi, je vais contrôler les alibis de ces Messieurs.

— J'ai trouvé, s'écria de Flanville, après une demi-heure. Tous ces comptes et sous-comptes sont gérés par un consortium en Russie, le *MOSCOW GENERAL TRUST*. Ce son*t* des preuves irréfutables ! Cette société a des ramifications avec la *Moscowskaïa,* la mafia russe. Nous allons appeler Interpol, car, avec les autorités locales, nous devons faire très attention, c'est connu. La corruption est grande en Russie. On pourra inculper De Nairac et de Saint Roman pour appartenance à une organisation criminelle et blanchiment d'argent, mais pour l'instant rien ne laisse présager qu'ils soient coupables de l'homicide de Liliane. Je vais contacter nos collègues de Metz et de Nancy pour qu'ils soient arrêtés de suite. Quant à tous ces clients anonymes, se sont soit des criminels soit ce sont des personnes fortunées qui n'avaient aucune idée où allait leur argent en achetant ces œuvres d'art. On aura beaucoup de pain sur la planche les prochains jours pour les retrouver.

— Bon travail, remarqua Moretti, nous ignorons toujours qui est l'assassin de Liliane, bon sang ! Et leurs alibis respectifs tiennent la route !

— Je suis certain que vous trouverez son meurtrier. Charlène et moi allons vous quitter car nous devrons assister à l'inculpation de de Nairac et de Saint Roman.

— Merci beaucoup à vous deux, s'exclama Moretti et bonne chance dans vos investigations.

— Avec plaisir, nous sommes heureux qu'on ait pu contribuer à résoudre une partie de cette enquête.

— Au revoir et merci, à bientôt, fit Dussolier.

— Patience, Bernard, une partie de l'énigme est déjà résolue. Je te propose d'accompagner nos confrères luxembourgeois au casino de Mondorf. Peut-être y trouverons nous d'autres indices. Les croupiers devraient se souvenir d'elle si elle était accroc aux jeux !Je vais appeler le commissariat de Rumelange.

— Bonjour Roland ! Ah, tu as lu mon mail, très bien. Oui, c'est notre brigade financière et nos collègues de Nancy et de Metz qui vont se charger de les inculper. Est-ce que vous pourriez nous accompagner au casino de Mondorf ? Nous aimerions en savoir un peu plus sur l'addiction de la victime et avec qui elle y allait. Il se pourrait qu'elle n'y ait pas été toute seule ! J'espère que nous visons juste et que ce n'est pas celui d'Amnéville.

— Oui, aucun souci, Serge est parti, mais je peux vous accompagner. C'est une bonne idée, ensuite le casino d'Amnéville n'est pas trop loin, on arrivera à analyser aussi l'emploi du temps de Liliane aux deux endroits si c'est nécessaire.

Une dizaine de minutes plus tard, nos enquêteurs se trouvaient en route pour Mondorf ! C'était ouvert, or avec des restrictions sanitaires adaptées. Quelques habitués jouaient au Poker, d'autres étaient en train de titiller des machines à sous. Tous portaient des masques. Ils demandaient à voir le directeur de l'établissement.

— Bonjour Messieurs, je suis Jean Lebon. Comment puis-je vous aider ?

— Bonjour Monsieur Lebon, voici le lieutenant, Dussolier, de la brigade de Thionville, et Monsieur Müller du commissariat de Rumelange. Je suis l'inspecteur Moretti de Thionville. Nous aimerions vous poser quelques questions au sujet de cette femme. Regardez bien la photo !

— Mon Dieu est-elle décédée ?

— Oui Monsieur, quelqu'un l'a assassiné !

— La connaissiez-vous ?

— Oui, c'était une de nos habituées mais cela fait un moment que nous ne l'avons plus vu ici.

— En effet, elle s'est fait soigner pour son addiction au jeu, de ce fait elle n'a plus fréquenté le casino.

— Dites-nous Monsieur Lebon, est-ce qu'elle venait seule ici ou était-elle accompagnée par quelqu'un ?

— Non, elle venait avec une amie, elle n'était jamais seule.

— Nous allons vous montrer quelques photos que nous avons dû prendre de personnes en tant que témoins, si vous en reconnaissez une, dites-le nous, s'il-vous-plaît.

— C'est cette femme qui accompagnait toujours votre victime. Là sur cette photo, c'est elle.

— Elle s'appelle Océane Duchâteau. Merci pour votre aide Monsieur, rajouta Dussolier.

— S'il vous revenait en mémoire, même un détail insignifiant, voici ma carte, reprit Moretti.

— Avec plaisir, retrouvez vite celui qui l'a tué.

Une fois sortis de l'établissement les enquêteurs se dirigèrent vers leur voiture.

— Il y a plein de Français ici, des Allemands, des Belges.

— C'est possible qu'ils aiment bien l'ambiance du casino de Mondorf, répondit Müller.

Tout le monde se mit à rire.

— Au moins cela nous évite de nous rendre à Amnéville.

— Pourquoi Océane nous a caché qu'elle jouait aussi au casino ? C'est bizarre. Nous irons la réinterroger.

— Allez-y, fit Müller, si vous voulez bien me déposer à Rumelange, vous me tiendrez informé. Même si Océance nous a caché qu'elle jouait également, elle n'est pas forcément sa meurtrière.

— Oui bien sûr, allons-y fit Moretti et après cet interrogatoire nous rentrerons à la maison. Il est presque 18 heures.

— Je me casse la tête, souligna Dussolier, je ne vois pas encore de motif pour l'assassinat de Liliane.

— Tu verras, reprit Moretti, quand on aura éliminé toutes les fausses pistes en creusant encore, nous le trouverons ce fameux mobile, ne t'inquiète pas.

— J'espère que tu as raison, la famille attend des réponses.

— Madame la Procureure aussi, non ? répondit Müller.

— Je vais l'appeler dans la voiture, il vaut mieux la tenir au courant. Merci Roland.

— Allô Madame La Procureure, oui nous avançons mais hélas pas encore sur le motif du meurtre. La brigade financière est en train d'arrêter de Nairac et de Saint Roman ; leur belle affaire lucrative a révélé que tous leurs comptes et sous-comptes étaient une couverture. En réalité, ils sont liés à un blanchiment d'argent en relation avec la mafia russe, la *Moscowskaïa*. Interpol nous aide. Leurs alibis respectifs tiennent néanmoins la route, ils ne sont donc pas nos meurtriers. Nous leur avons pris aussi leurs empreintes et l'ADN retrouvée sur la victime ne correspond pas à celui de de Nairac et de Saint Roman. Cet après-midi nous sommes allés avec notre coéquipier de Rumelange au casino de Mondorf et le directeur de l'établissement a formellement reconnu Océane Duchâteau qui accompagnait toujours notre victime, or, cette dernière ne nous l'a pas dit. Nous allons la réinterroger de ce pas.

— Bien, Messieurs, fit la magistrate, c'est à petit pas que l'enquête avance, je ne m'attends évidemment pas à ce que vous trouviez le coupable en deux jours. Ce serait un record. Vous êtes sur la bonne voie, continuez Messieurs, vous avez toute ma confiance. Merci.

— Merci Madame La Procureure, on vous recontactera lundi si nous avons de nouvelles informations

— On a de la chance, reprit Moretti !

— Pourquoi ?

— Heureusement que nous n'avons pas affaire au substitut du procureur, Gérard Colombier je le connais, c'est un type très ambitieux et arrogant. Il nous aurait mis la pression à fond. Madame du Rocher est sa supérieure et elle est bien plus compétente et humaine.

— Je vois, un imbécile de première, quoi !

— Tu l'as dit.

— Bon, viens on file chez Océane Duchâteau, je suis curieux de savoir ce qu'elle a à nous dire.

— Mince, fit Moretti, c'est mon épouse, un moment.

— Oui ma chérie, on ne peut rien te cacher. Bientôt t'inquiète, je t'appellerai dès que l'on aura terminé. Nous devons encore interroger une témoin puis nous aurons terminé. Ah, vous voulez que je ramène quelque chose à manger ? Bien sûr, je ne suis pas loin de Rumelange, je passerai au Chinois, d'accord promis. Quand je serai dans la voiture je te rappellerai. Bisous !

— Ta femme est compréhensive, remarqua Dussolier.

— Oui, heureusement, elle sait que quand on est sur une enquête, je ne compte pas les heures et d'ailleurs toi non plus. On peut s'estimer heureux que la brigade de Nancy ne nous ait pas démis de l'enquête car c'est de leur ressort.

— Je trouve cela sympa, ajouta Dussolier, c'est vraisemblablement Madame la Procureure qui l'a demandé.

— C'est fort probable, je connais Madame du Rocher depuis 4 ans, je n'ai jamais eu de soucis avec elle. Quant à Colombier, je lui souhaite un avancement dans les Pyrénées, ahahaha ! Allez viens on file chez Océane.

— Bonjour Messieurs, y a t'il un souci pour que vous veniez me trouver une seconde fois ? Entrez.

— Voulez-vous un café ?

— Non merci. Dites-nous Madame Duchâteau, pourquoi nous avoir caché que vous jouiez avec Liliane au casino de Mondorf ?

— Vous ne me l'aviez pas demandé, ironisa Océane. Quel rapport avec la mort de Liliane ?

— Pas de cela avec nous, voulez-vous !

— Excusez-moi, moi aussi je suis en traitement contre cette addiction. C'est inutile d'en informer mon mari car nous sommes en instance de divorce. Cela ne ferait qu'empirer les choses.

— Vous auriez pu nous le dire, Madame, nous ne sommes pas ici pour vous juger mais pour faire avancer l'enquête sur la mort de votre amie. Où est votre mari ?

— Il est absent, il a été voir sa mère qui est souffrante.

— Nous aimerions lui parler, voici mon numéro de téléphone.

— Je lui dirai qu'il vous contacte, s'il-vous-plaît n'aggravez pas les choses, ne lui dites rien sur mon addiction.

— Ne vous inquiétez pas, nous aimerions juste lui poser quelques questions de routine.

— Permettez-moi de vous poser une dernière question ?

— Faites.

— Est-ce que vous deviez aussi de l'argent à Liliane ?

— Non, je lui ai remboursé les trois cents Euros que je lui devais il y a 5 jours. Si je comprends bien je suis suspectée d'avoir tué mon amie, non ?

— Pour l'instant vous n'êtes que témoin dans un homicide Madame Duchâteau. Nous devons suivre toutes les pistes, et c'est ce que nous faisons. S'il s'avérait que vous nous cachiez des éléments, vous risqueriez une amende et une peine de prison pour entrave à une enquête en cours. Ai-je été clair ?

— Oui, tout à fait, veuillez m'excuser.

— Au-revoir Madame Duchâteau, nous allons nous revoir. Vous reviendrez lundi signer votre déposition que nous devrons rectifier, disons à 10 heures ?

— Ce sera tout.

— Au-revoir Messieurs.

19 heures sonnèrent au clocher de Tressange.

— Rentre chez toi, fit Dussolier, je vais rectifier la déclaration ! N'oublie pas de passer chez le chinois à Rumelange.

— Merci Christian, je te le revaudrai, répondit Moretti.

— Encore une dernière question ? Pourquoi tu veux interroger le mari d'Océane sur la mort de Liliane. Je ne comprends pas.

— Tu verras Christian, j'ai ma petite idée là dessus.

— Hum, je vois, mais ce n'est qu'une supposition.

— Exact, or nous devons suivre toutes les pistes même si elles ne nous mènent nulle part. Je ne désespère toujours pas de trouver le vrai mobile du crime.

— Je l'espère aussi. Bon dimanche Bernard.

— A toi aussi, à lundi ! Le week-end sera court.

Moretti se dirigea vers la frontière franco – luxembourgeoise pour récupérer ses mets qu'il avait commandé auparavant. Il appela Christine pour lui dire qu'il était sur le chemin du retour.

— Bonsoir mes chéries, comment allez-vous ?

— Bien Bernard et toi, tu as l'air épuisé !?

— C'est le moins qu'on puisse dire, répondit le commissaire.

— Comment avance l'enquête ?

— Oh ! on a des pistes hélas, on n'a pas encore trouvé le vrai mobile du crime.

— Et toi ma chérie, qu'as tu fait aujourd'hui ?

— Ce matin j'ai travaillé un peu dans le jardin, ensuite Claude et moi sommes allées faire les courses. Nous t'avons acheté de la mortadelle et du saucisson lorrain.

— Hum, ce sera pour demain soir, fit Moretti.

— Regardez ce que je viens de vous ramener.

— Hum, ça sent bon.

— C'est quoi comme menus ? demanda Claude.

— Alors, voilà, ce sont trois soupes Wan Tang, ensuite du riz aux crevettes, des nouilles aux crevettes, et du Chop Sue de Poulet. Bon appétit Mesdames.

— Merci papa, ah si seulement les restaurants étaient déjà ouverts, avec cette pandémie, on s'ennuie, on fait toujours la même chose. Heureusement que je peux aider maman un peu au jardin et à la maison.

— Je sais Claude, quand nous serons tous vaccinés, je pense que cela ira mieux et tous les cinémas, restaurants et petits commerces rouvriront à nouveau. On ne peut pas trop se plaindre vis-à-vis des PME car beaucoup sont en faillite et ensuite, tu as quand même pas mal de travail avec tes cours.

— Oui papa c'est vrai, or j'aimerai tellement revoir tous mes amis du collège !

— Je comprends Claude, si tu veux, dès que la situation sanitaire se sera améliorée, nous inviterons deux de tes amis chez nous, d'accord ?

— C'est une bonne idée, merci papa.

— Bon appétit tout le monde, fit Moretti.

— Qu'est ce qu'il y a à la télé ce soir ? demanda son épouse.

— J'ai vu qu'il y a » l'art du crime, c'est pas mal cette série, répondit Christine.

— Bien, je m'incline, répliqua l'enquêteur.

— Qu'est ce qu'on fait demain ? demanda Claude.

— Et si on allait faire un tour dans les bois ?

— Hum, à quelle heure devra-t-on se lever ?

— 8 heures, départ 9 heures on sera de retour vers 11 h 30 ou midi.

— Bon, répondit sa fille, c'est pas mal, cela nous permettra d'être ensemble pour se changer les idées.

— Si tu veux, tu peux contacter une de tes amies, si elle aime la marche ainsi tu seras plus motivée, non ?

— Oh oui, j'appelle Anouk. Je suis certaine qu'elle dira oui. Anouk a dit oui, elle nous accompagnera.

— Quand on reviendra, je ferai un petit barbecue, elle pourra aussi manger chez nous.

— Merci papa.

— L'après-midi, j'ai du repassage qui m'attend, fit Christine.

— T'inquiète maman, je t'aiderai, ne te tracasse pas. J'ai fait mes devoirs.

— Merci ma chérie.

— Je tombe de sommeil.

— Oh papa, nous aussi.

— Bon, on va se coucher, car demain c'est la nature qui nous attend.

— Bonne nuit papa, maman.

— Bonne nuit ma chérie.

Le clocher de Tressange sonnait 23 heures. On n'entendait plus que le cri de la chouette au loin.

Le lendemain à 9 heures tapantes, la famille Moretti se mit en route pour son footing. Claude était heureuse que son amie les accompagne. La nature était en train de se réveiller, les coucous sauvages bordaient le petit chemin communal, les feuillages des arbres étaient vert clair, des abeilles bourdonnaient autour d'eux. Vers midi, tout le monde était de retour et Bernard allumait le barbecue. Sa fille dressait la table et son épouse préparait une salade de pâtes. Vers 15 heures Anouk repartit chez elle, Claude était toute souriante.

— Ah c'était super, je me sens revivre, fit la jeune fille de 15 ans.

— Nous aussi ma chérie.

— Je t'aide maman, attends, je repasse mes affaires d'abord, le temps que tu débarrasses la table.

— Si vous le permettez Mesdames, je vais me mettre une heure sur le canapé, je meurs de sommeil.

— Va plutôt dans la chambre à coucher, suggéra son épouse, tu y seras plus tranquille.

— Bien, tu pourras me réveiller dans une heure ?

— Oui ne t'en fait pas, va te reposer.

Vers 18 heures Moretti se réveilla.

— Mince, j'ai dormi plus de deux heures. Mais bon, cela m'a fait du bien. Je dors mal la nuit, avec cette enquête qui piétine. Heureusement qu'on n'est pas aux Etats - Unis ou en Angleterre, on devrait encore travailler le dimanche. Oh mince, il pleut, on a bien fait de faire notre promenade ce matin.

— Viens à côté de moi sur le canapé, répondit son épouse. Je suis certaine que le motif et le coupable seront bientôt à votre portée. Dussolier est un bon lieutenant et je suis sûre qu'il se casse autant la tête que toi.

— Nous devons encore interroger un témoin demain, on verra bien. Oui, lui et moi nous sommes pareils.

— Avec une soupe j'ai assez, reprit Moretti.

— Nous aussi !

Le lendemain à 8 h 30 heures tapantes Moretti et son collègue étaient de retour au commissariat de Thionville.

— Alors Bernard, comment était ton week-end ?

— Relaxe, nous nous sommes promenés dimanche matin ensuite j'ai fait un barbecue puis je me suis endormi pendant deux heures. J'étais exténué. Et toi ?

—J'ai fait 10 kilomètres dimanche matin, cela m'a fait du bien et sinon rien de bien important. J'ai aussi fait le ménage. Avec tous les restaurants, bars et cinémas qui sont fermés, il n'y a que la télé ou les programmes sur Netflix qui sont disponibles. Ah, avant que je n'oublie, le mari d'Océane Duchâteau a appelé, il va venir dans quelques minutes. Je suis curieux de savoir ce qu'il a à nous dire. Il semblait agité, c'est étrange.

—C'est bizarre car son épouse ne devait venir qu'à 10 heures.

Soudain quelqu'un frappa à la porte.

—Bonjour, je suis Marc Duchâteau, vous avez besoin de mon témoignage.

— Oui, bonjour Monsieur, s'exclama Moretti, veuillez prendre place.

— Voulez-vous un verre d'eau, il fait chaud ? demanda Dussolier.

— Bien volontiers.

— Donc, continua Moretti, connaissiez-vous Liliane Demoulin ?

— Oui, c'était une amie de mon épouse.

— Rien de plus ? interrogea Moretti

— Que voulez-vous dire ?

— Si vous connaissiez la victime plus intimement ?

— Non, vous avez beaucoup d'imagination, je trouve, s'offusqua Duchâteau.

— Pourquoi, votre femme nous a dit que vous étiez en instance de divorce, donc oui, nous nous posons des questions.

— Où étiez-vous dans la nuit de jeudi à vendredi, entre 11 heures du soir et trois heures ?

— Mais chez moi, avec mon épouse, en voilà des façons. Je n'ai pas tué Liliane.

— Nous vous interrogeons pour vous rayer de la liste des suspects Monsieur.

— Très bien. Si vous n'avez plus de questions, je vais vous laisser. Merci pour le verre d'eau.

— Un moment, vous signerez encore votre déposition.

— Voilà, c'est fait.

— Au revoir Messieurs.

A peine Marc était-il sorti que Christian se précipita sur le verre et le mit dans un sachet d'analyses.

— Je vois, fit Moretti, moi aussi je pense qu'il a menti. Je le sentais très nerveux. Je vais appeler la médecin légiste de Nancy pour qu'elle nous envoie la copie des empreintes des autres témoins et surtout qu'elle n'oublie pas les collègues de Rumelange. Roland vient de m'envoyer celles qu'ils ont prélevé du Grand-Duché. Nous verrons bien.

— Je vais les voir, ils sont mieux équipés que nous, ils pourront analyser les empreintes sur le verre. Je vais les appeler.

— Très bien, il était peut-être l'amant de la victime mais pas son meurtrier.

— Bonjour Serge, tu vas bien ? J'espère que je ne te dérange pas ? Est-ce que je pourrai passer à vos bureaux ? Nous devons analyser un verre d'eau, un suspect nous a laissé ses traces dessus. Au fait, la médecin légiste de Nancy vous a transmis également toutes les empreintes des témoins. J'arrive de suite.

— A toute à l'heure Bernard.

Une dizaine de minutes plus tard, Dussolier était assis dans le bureau de Müller et Scheer. Jacques Santer était le responsable de la division scientifique luxembourgeoise en charge de l'ADN.

— Tu veux un café Christian ?

— Plutôt un verre d'eau, s'il-te-plaît, Roland.

— Cela va prendre encore quelques minutes, dit Jacques, un peu de patience.

— Pas de soucis, j'espère que les résultats seront positifs.

La chaleur devenait insupportable. Pour un mois de mai c'était assez rare.

— C'est positif. L'ADN de Duchâteau et celui que l'on a trouvé sur la victime concordent.

— Bon travail, Monsieur Santer.

— Vous pouvez m'appeler Jacques.

— Merci Jacques.

— Comment cela se déroule en Moselle, c'est la brigade de Nancy qui doit appréhender le suspect ? demanda Müller.

— Oui c'est eux, nous n'avons plus le droit d'intervenir. C'est déjà sympa de leur part qu'on ait pu agir en autonomie. Nous avons rendu de nombreux services à Nancy et leur commandant est une personne humaine et juste.

— Comment s'appelle-t-il ?

— C'est une femme, Maryline de Saint Cyprien, je vais l'appeler. Ils viendront dans nos bureaux récupérer Duchâteau. Nous avons le droit de l'appréhender.

— Sans oublier votre procureure, comment s'appelle t'elle déjà ? demanda Müller.

— Eglantine du Rocher !

— Quel beau nom, dit Serge.

Christian s'empressa d'avertir le commandant et Moretti.

— Je suis content que nous ayons pu vous aider, s'exclama Müller.

— Merci à vous, la prochaine fois s'il y a un homicide où l'on peut vous soutenir, n'hésitez pas et d'ailleurs nous vous devons encore un déjeuner.

— Nous verrons cela après le confinement, fit Müller.

Dussolier se mit en route pour le commissariat de Thionville. Il se sentit soudain plus léger. Il récupéra Moretti et tous les deux se rendirent chez Duchâteau.

— Encore vous, non ce n'est pas possible ! Je m'apprêtais à me rendre à mon travail.

— Appelez votre patron et votre avocat aussi.

— Mon patron oui car je vais arriver en retard, mais pourquoi aurais-je besoin d'un avocat ?

Le suspect s'empressa de contacter son patron.

— Nous avons retrouvé votre ADN et votre sperme sur le corps de la victime or que faisaient vos particules de peau sous ses ongles ? Je vous arrête pour suspicion de meurtre sur la personne de Liliane Demoulin. Vous pourrez garder le silence car tout ce que vous direz pourra être retenu contre vous. Si vous n'avez pas d'avocat, il vous en sera commis d'office.

— Ce ne sont que des suppositions, rien d'autre.

— Oh non, s'écria Moretti, ce sont des preuves.

— Montrez-nous votre bras.

— Non, je refuse.

— Oh que si, fit Dussolier en se ruant sur Duchâteau.

— Vous portez une blessure sur l'avant bras. N'ayez crainte, notre police scientifique rétablira le lien entre vous et Liliane Demoulin. Vous nous avez laissé vos empreintes ce matin sur un verre d'eau, nous avons suffisamment d'indices probants pour vous inculper pour assassinat. Nous pensons que votre femme vous a aidé à transporter le corps dans le coffre de votre voiture. Notre équipe se chargera de l'analyser.

— Je n'ai pas d'avocat.

— Il vous sera commis d'office, donc pas d'inquiétude.

— Mais que se passe-t'il ? s'écria son épouse qui venait de sortir de sa voiture. Je m'apprêtais à me rendre chez vous.

— Veuillez nous suivre Madame Duchâteau, fermez d'abord votre porte d'entrée.

— Mais pourquoi vous arrêtez mon mari ? Et moi qu'est-ce que vous me voulez ?

— Votre mari est suspecté d'homicide sur la personne de Liliane Demoulin et dissimulation de cadavre.

— Quoi, quelles preuves avez-vous ?

— Ses particules de peau sous les ongles de la victime, son sperme, n'est-ce pas suffisant ? Notre équipe scientifique analysera aussi vos deux voitures car sur le corps de Liliane se trouvaient également des traces d'huile !

— Océane blêmit.

— Madame Duchâteau, nous vous arrêtons pour assistance à un homicide et dissimulation de cadavre !

— Quoi, je n'ai rien fait !

— Vous pouvez garder le silence, tout ce que vous direz sera retenu contre vous. Si vous n'avez pas d'avocat, il vous en sera commis d'office. Donnez-nous les clés de voiture. Merci

Les Duchâteau montèrent dans la voiture des policiers.

— Est-ce que l'avocat de mon mari peut aussi me défendre ?

— Bien sûr, nous n'y voyons aucun inconvénient, répondit Moretti. Il serait dans votre intérêt de nous dire la vérité, il en sera rendu compte lors de votre procès. Pour votre conscience, ce serait aussi un soulagement.

Une quinzaine de minutes plus tard tout le monde se trouvait dans le bureau des enquêteurs. La magistrate du tribunal de Thionville rejoignait ses clients.

— Maître Jeanne Delcourt !

— Bonjour maître, je vous laisse quelques instants avec vos clients. Il serait préférable pour eux qu'ils avouent, faites-le leur comprendre.

— Bien sûr, acquiesça l'avocate, encore faut-il qu'ils soient coupables.

— Vous pouvez vous entretenir avec eux dans notre salle de conférence.

La police scientifique de Nancy arriva sur place. Elle était accompagnée par le commandant Marilyne de Saint Cyprien. La jeune femme devait frôler la quarantaine. Elle enleva son képi, on pouvait apercevoir la couleur de ses cheveux qui étaient d'un noir corbeau; ils étaient remontés en chignon. L'uniforme lui allait comme un gant.

— Bonjour mon commandant !

— Bonjour Moretti, Dussolier, bon travail, félicitations. Je savais que je pouvais vous faire confiance. J'irai remercier vos collègues de Rumelange.

— Bien mon commandant, nous allons les informer de votre venue. Les suspects s'entretiennent avec leur avocate. J'espère qu'ils vont avouer, nous avons réuni toutes les preuves.

Maryline sortit et se rendit à Rumelange.

Après une demi-heure le couple et leur avocate sortirent de la salle de conférence.

— Mes clients ont décidé de coopérer avec la justice.

— Très bien, bonne nouvelle. Je vous écoute, rétorqua Moretti.

— J'étais l'amant de Liliane, c'est vrai. Ma femme n'en savait rien.

— Pourquoi l'avoir tuée ? demanda Dussolier.

— Elle m'avait embarqué dans un investissement dans sa société *FRANCECOMP*. Elle avait juré que cela me rapporterait beaucoup d'argent, or, je n'ai jamais revu un centime de mes 5.000 Euros. Vous vous rendez compte que j'ai appris plus tard, par mon épouse, qu'elle lui avait demandé de l'argent. Océane m'a informé à l'instant qu'elle et Liliane étaient accrocs au casino de Mondorf.

— Continuez, poursuivit le commandant de Saint Cyprien qui était revenue de Rumelange.

— Ma femme était au courant depuis deux semaines pour Liliane et moi. Elle a tout flambé au casino, incroyable, comme j'étais naïf ! Elle me l'a avoué dans la nuit de jeudi. Elle m'a ri au nez, j'étais fou de rage alors, je l'ai étranglée.

— L'avez-vous tuée dans votre demeure ?

— Oui Océane était absente. Sa mère était souffrante. Elle l'a accompagnée à l'hôpital Bel-Air et elle est revenue très tard dans la nuit. Elle m'a aidé pour mettre son corps dans le coffre de ma voiture et le reste, vous connaissez. J'avoue, j'aurai dû lui donner une bonne raclée mais pas la tuer, j'ai disjoncté. C'est trop tard maintenant. Je regrette.

— Bien, nous allons rédiger le rapport que vous signerez ensuite.

— Qu'en est-il d'une réduction de peine pour mes clients ? demanda l'avocate.

— Maître, ce sera au juge et au jury d'en décider et non aux forces de l'ordre. Si vous êtes une bonne magistrate, vous saurez quoi faire pour les convaincre.

— Vous serez déféré devant le juge d'instruction du palais de justice de Nancy maintenant.

— Et vous Madame Duchâteau serez accusée de complicité et de dissimulation de cadavre. Votre peine sera néanmoins moindre que celle de votre mari.

— Je sais, je regrette, mais c'est trop tard.

— Merci Moretti, Dussolier, fit le commandant ! On les embarque, c'est terminé. Encore une fois, mes félicitations. Ah, j'oubliais, les policiers de Rumelange sont très sympathiques.

— Oui c'est vrai. Je leur ai proposé notre aide s'ils avaient des problèmes. Nous les inviterons au restaurant après la pandémie. Dernière chose, ils ont un petit laboratoire d'analyses, serait-ce possible que vous nous accordiez aussi ce genre de matériel ?

— Oui, ils me l'ont montré, je vais voir ce que je peux faire, peut-être que notre équipe scientifique pourrait vous aider. J'en parlerai à Elisabeth Montaigu. Ils doivent être en train d'analyser les deux voitures de nos suspects.

— Ce serait vraiment formidable, le matériel ne doit pas être neuf, on se contentera aussi d'une deuxième main.

— Au revoir Messieurs ! Vous vous occuperez encore du rapport pour Madame la Procureure du Rocher ?

— Au revoir mon commandant ! Oui pas d'inquiétude, on vous mettra en copie, Madame la Procureure ainsi que nos collègues de Rumelange.

— Très bon travail, merci !

— Je vais appeler les témoins et leur annoncer qu'ils liront les noms des coupables demain matin dans la presse, suggéra Moretti.

— Je vais contacter Célestine, la pauvre femme, ne plus revoir sa fille, c'est dur, et maintenant son ex-mari. Décidément ces deux là, n'auraient jamais dû divorcer, c'était du *Bonny and Clyde* ; heureusement qu'ils n'ont tué personne.

— Oui en effet, mais Liliane n'était pas tout à fait *clean*, tout ceci atténuera peut-être la peine de sa mère quand elle saura dans quoi elle était impliquée. Je crois qu'elle avait des doutes ou des soupçons.

— Je m'occupe de l'ex-mari, dit Moretti. Ensuite nous allons rédiger notre rapport.

Et c'est ainsi que se termina la résolution de cet homicide franco-luxembourgeois où le gain et l'appât du gain avaient scellé le destin de Liliane.

Ce roman est basé sur la pure imagination de l'auteur. Les personnages et situations ont été inventés de toute pièce. Toute ressemblance serait due au fruit du pur hasard.

Je remercie Marie-Josée pour sa patience et son aide aux corrections.

Mes amis et connaissances pour leur soutien.

BoD pour m' avoir permis d'être éditée.

© 2021, Eliane Schierer

Édition : BoD – Books on Demand,

12/14 rond-point des Champs-Élysées,
75008 Paris

Impression: BoD – Books on demand,
Norderstedt, Allemagne

ISBN: 9 782322 379057

Dépôt Légal: juillet 2021